Boban Lapčević

# DIE MALERIN

*Erzählungen*

1. Auflage Juni 2017

Copyright © 2017 by Boban Lapčević

Herstellung und Verlag:
BoD - Books on Demand, Norderstedt
ISBN 978-3-7448-3798-9

# INHALT

# DIE MALERIN

*J*ch fiel. Immer tiefer. Die Wolken um mich herum waren dunkelgrau und formlos. Während der Boden, den ich noch nicht klar erkennen konnte, immer näherkam, steigerte sich meine Angst, bis ich von Panik erfasst schweißüberströmt aufwachte.

Als wäre es nicht genug, an Schlaflosigkeit zu leiden, plagten mich zu allem Überfluss Träume jeglicher Art. »Träume vom Fallen deuten oft auf Verlust von Selbstvertrauen und schlimme Veränderungen auf dem zukünftigen Lebensweg hin«, hatte mich einmal jemand wissen lassen. Ich stand auf und ging zum Fenster. Die Sonne war vor Kurzem aufgegangen und strahlte erst schwach, als ich meinen Blick nach draußen schweifen ließ. Ich wohnte seit ein paar Tagen in einem kleinen Zweizimmer-Appartement in Belgrad. Ich hatte mir eine Auszeit von der Arbeit genommen und hoffte auf andere Gedanken zu kommen, mich meiner trübsinnigen Verfassung zu widersetzen – wenigstens für eine Weile. Übermannte mich die Schwermut, ging ich runter zur Sava und schaute über das schillernde Wasser. Dabei dachte ich oft an das Gestern und selten an das Morgen. Auf der anderen Flussseite lagen vereinzelt veraltete Fischerboote vertäut und unzählige Bäume verzierten den Strand. Hier verweilte ich gerne, rauchte Zigaretten, beobachtete Leute, während mir oft ein Zitat Jean Pauls durch den Kopf ging: »Wer an die Vergangenheit denkt, sieht zu Boden; wer an die Zukunft denkt, sieht zum Himmel.«

Dieselben Worte waren auf der Vorderseite meines Notizheftes, von mir einst aufgeschrieben. Ich trug das Heft immer mit mir, um gelegentlich meine Gedanken festzuhalten.

Es war Herbst. Gleichwohl blendete mich die Sonne und mein Blick richtete sich selten gen Himmel ...

Ich stand nicht alleine da in der Stadt, sondern pflegte Umgang zu einem jungen Geschichtsprofessor, der mir unzählige Vorschläge machte, etwas zu unternehmen, um meine Melancholie loszuwerden. Zu mehr als einem Kaffee in abgelegenen Restaurants ließ ich mich nicht hinreißen. Eines Tages schlug er mir vor, mich mit einer seiner Freundinnen, einer Malerin, bekannt zu machen. Ich war nicht in Stimmung für neue Bekanntschaften, doch hatte mich die Malerei seit jeher fasziniert, und so sagte ich zu.

In den Romanen, die ich las, begann die Beschreibung einer Frau oft mit dem Satz »Sie ist keine Schönheit, aber …«, nur um ihr Aussehen dann doch im Detail zu schildern. Die Beschreibung der Malerin könnte ich beim besten Willen nicht mit diesem Satz beginnen. Sie war eine Schönheit, hatte ein reizendes Gesicht, in dem die Nasenspitze ein ganz klein wenig nach oben zeigte. Ihre großen Augen waren kastanienbraun. Was ins Auge stach, obwohl schwach erkennbar, waren Muttermale in ihrem Gesicht. Zwei oberhalb ihrer vollen, rosa Lippen und zwei links auf der Wange. Das Haar, schwarz, mittellang, prachtvoll anzusehen. Auch ihr Körper war makellos – allem voran ihr Busen.

Die Idee meines Freundes war, mich als neues Fotomodell zu empfehlen, also verabredeten wir uns kurzerhand zur ersten Sitzung.

Das Atelier, das sie sich gemietet hatte, war nicht weit von meinem Appartement entfernt. Sie empfing mich in einem schlichten weißen Kleid. Nach einer kurzen Begrüßung führte sie mich zu einem Korbsessel in der Mitte des schwach beleuchteten Raumes. Abgesehen von der Staffelei stand nur der Korbsessel im Zimmer. Sogleich fing sie an, Farbe auf die Leinwand aufzutragen, ohne mich eines Blickes zu würdigen. Sie warf nur einen kurzen interessierten Blick auf mein Notizheft, sagte jedoch nichts, daher versuchte ich eine Unterhaltung zu beginnen.

»Woher kommst du?«
»Aus Aleksandrovac«
»Ah, da ist es schön, da war ich mal. Die Stadt ist doch für ihren Wein- und Obstbau bekannt?«
»Hm, schon.«

Sie fing an zu malen, während mir immer wärmer wurde. Ihre Teilnahmslosigkeit war wohl eine charakterliche Veranlagung, oder hatte es andere Gründe? Nachdenklich beobachtete ich sie bei der Arbeit, beim eleganten Führen des Pinsels. Den Kopf gesenkt, zeigte sie keine Regung, außer wenn sie mich, in regelmäßigen Abständen, konzentriert aber mit ruhigem Blick ansah, um sogleich weiter zu malen. Die Stunde verging wie im Flug. Sie bat mich am nächsten Tag zur selben Zeit wieder zu kommen, um das Porträt abzuschließen.

Da ich wusste, dass ich ohnehin nicht einschlafen konnte, richtete ich nach der Sitzung meine Schritte zum Fluss. Ich fühlte mich frisch und erholt, auf der Höhe meiner Kräfte. Die Mondstrahlen ließen den Fluss noch schöner glänzen als am Tag.

Als ich einige Stunden später im Bett lag, nickte ich sofort ein. Ich war überrascht, als ich erst am späten Nachmittag aufwachte. Ich hatte durchgeschlafen und fühlte mich ausgezeichnet. Gleichwohl fand ich es unerträglich, im Zimmer zu verweilen. Einmal mehr trieb es mich zum Fluss. Ich blickte in den von dicken Wolken verdeckten Himmel und dachte an Jean Paul. Es gab nichts Schönes für mich zu sehen, außer einzelnen Sonnenstrahlen, die sich trotzig einen Weg durch die Wolken bahnten. Bald senkte sich die Dämmerung über das Land. Bäume und Straßenlaternen hoben sich aber unnatürlich scharf vom Halbdunkel ab. Es wurde Zeit, mich auf den Weg zu machen.

Wie am Vortag verzog die Malerin keine Miene. Ich versuchte eine Unterhaltung zu beginnen, doch ihre Antworten waren lustlos und nichtssagend. Obwohl sie nicht arrogant wirkte, beunruhigte mich ihre abweisende Gleichgültigkeit.

Am Ende des Abends war ich sehr begierig darauf, das Bild zu sehen, wahrscheinlich könnte ich dann mit einem Kompliment ein richtiges Gespräch beginnen.

»Kann ich das Bild sehen?«
»Ich bin noch nicht fertig. Morgen sollte es soweit sein.«

Ich fand mich damit ab und verabschiedete mich freundlich. Sie nickte nur mit dem Kopf, doch ich erkannte ein schwaches Lächeln und die Muttermale oberhalb ihrer Lippen schienen mir in dem Moment größer als sonst.

Ich erwachte gegen elf Uhr. Womöglich war es mir im Bett zu warm geworden, denn ich fand mich auf dem Teppich wieder. Besorgniserregender war jedoch der Traum, den ich vor dem Erwachen gehabt hatte.

Ich war einen endlosen Korridor entlanggelaufen, an der Seite einer Frau, die ich nicht kannte, noch je gesehen hatte. Ich fragte mich, wer sie sein möge, suchte vergeblich nach ihrem Ursprung, doch kam mir keine Erinnerung und plötzlich stand ich alleine vor einer braunen Holztür. Als ich eintrat, erkannte ich umgehend das Atelier, doch es fehlte der Korbsessel. Nur die Staffelei stand einsam und beharrlich in der Mitte. Eine endlose Neugier erfüllte mich, es musste mein Porträt sein. Doch als ich davor trat, blickte ich auf eine alte, leere Leinwand. Voller Wut und Enttäuschung, die Enttäuschung schien mir tausendmal schlimmer, packte ich die Leinwand mit beiden Händen und zerriss sie in winzig kleine Stücke. Auch vor der Staffelei machte ich keinen Halt, zerbrach die Holzstückchen, bevor ich auf den Boden niedersank und auf weiteren Kampf verzichtete. Ich schloss die Augen. Eine Ewigkeit, die zweifellos nur eine Minute dauerte, verging; langsam öffnete ich wieder die Augen. Alles war verschwunden. Es wurde immer dunkler und die Luft stickiger. Ich fühlte mich dem Tode nahe ... da fuhr ich aus dem Schlaf auf.

Das Warten auf den Abend wurde zur regelrechten Tortur. Ich erwog, spazieren zu gehen.

Doch der bloße Gedanke daran reichte meinen Nerven, sie waren nicht einmal mehr einem harmlosen Gang ins Freie gewachsen. Ich beschloss, früher zum Atelier zu gehen, traf die Malerin jedoch nicht an. Während ich vor dem Hauseingang auf und ab schritt, wurde es allmählich dunkel. Doch sie kam nicht.

Sie ließ sich auch am nächsten Tag nicht sehen. Zu guter Letzt machte ich mich auf den Weg zu meinem Freund, um mich nach ihrem Befinden zu erkundigen, doch auch er hatte nichts von ihr gehört. Mit wachsender Besorgnis fragte ich nach ihrer Wohnadresse. Die Straßenlaternen brannten bereits, als ich endlich vor dem Haus stand. Ich läutete an der Tür. Niemand öffnete. Kurz darauf trat jedoch ein Bewohner mit blassem Gesichtsausdruck hinaus und ich entschied zögernd, ihn nach ihr zu fragen.

»Die war schon seit zwei Tagen nicht mehr hier. Wenn sie verschwunden ist, sieht man sie manchmal eine ganze Woche lang nicht wieder.« Seine Worte klangen in meinen Ohren verächtlich. Ich ging weiter. Irgendwie kam mir die ganze Situation bekannt vor – all dies hatte ich doch längst in einem Traum erlebt. Das dunkelrote

Haus auf der anderen Straßenseite, der blasse Bewohner, ja, dass ich mich überhaupt aufgemacht hatte, die Malerin zu suchen – all dies hatte ich doch schon mal geträumt. Auch in dem Traum hatte ich auf dem Rückweg einsam diese trostlosen Straßen durchquert und dann? Ich konnte mich beim besten Willen nicht mehr daran erinnern, was dann geschehen war. Aber ich hatte das Gefühl, was auch immer nun geschehen mochte, bereits geträumt zu haben.

Der Nächste Tag war der Letzte meines Aufenthaltes und ich packte langsam meine Sachen in den Koffer, während ich an die Malerin dachte. Ein Läuten an der Tür riss mich jäh aus meiner Gedankenwelt. Ich trat hinaus, doch es war niemand da. Dann bemerkte ich etwas auf dem Boden. Es sah aus wie ein Gemälde in Packpapier. Was hatte dies zu bedeuten? Ich trug es schnell hinein und riss es ungeduldig auf.

Ich erkannte die Szene auf dem Bild sofort. Es war der Fluss Sava bei Nacht, der Mond glänzte hell und vor dem Fluss stand einsam ein Mann. Obwohl nur der Rücken erkennbar war, merkte ich sofort, um wen es sich handelte.
Der Mann war ich.

Auf der Rückseite des Gemäldes stand geschrieben: *Es gibt mehr Blickrichtungen als Boden und Himmel. Man muss nur die Augen offen halten.*

## DER FUSSBALLFAN

Die Jacke des Fußballfans war ziemlich aufgebläht und das Ende seines schwarz-weißen Schals flatterte im Wind während herumliegende Papierfetzen und Pappbecher herumwirbelten. Ein schwacher Regen begleitete ihn an diesem Herbstnachmittag, welcher das Gras vor dem Stadion aufweichte. In einem anderen europäischen Land wäre der Eingang sauber, betoniert, einladend und schön anzusehen gewesen, mit Ständen entlang dem Stadion für Essen, Trinken, Fan-Artikel und was sonst noch das gutbürgerliche Herz begehren möge. Doch in diesem osteuropäischen Land war vieles rückständig geblieben. Das Stadion war in den 1960ern gebaut worden, grau und renovierungsbedürftig, der ovale Baustil war sozialistisch geprägt.

Er stand auf der nassen Wiese davor und sah sich die Fans an, alle schwarz-weiss gekleidet, die Farben ihrer Mannschaft. Hunderte, dicht gedrängt, einander anrempelnd, ohne Ordnung und Struktur drängten zur Eingangstür. An der Seite und am Eingang standen Polizisten in Vollmontur mit Helm und Schild, alle so grimmig dreinblickend, als wären sie im Kriegseinsatz und nicht vor einem Fussballstadion – und keiner war unter einsneunzig gross.

Die weissen Adidas-Schuhe des Fans waren schnell durchweicht und verdreckt von der nassen Erde. Er war mit einigen Fans aus der Nachbarstadt angereist, jedoch fühlte er sich allein, ein Unbekannter, so leicht baute man sich keine Freundschaften und Respekt in diesem Land auf – ein stolzes Land, geprägt von den noch nicht lange vergangenen Kriegen und deren Nachwirkungen. Die Anhänger beider Teams waren berüchtigt. Er erinnerte sich, wie sein Vater ihm oft erzählt hatte, er würde niemals ins Stadion gehen, wenn diese Teams gegeneinander spielten. Oft gab es Ausschreitungen, vor ein paar Jahren war sogar ein junger Fan ums Leben gekommen. Pyros und Petarden waren normal, so wie Wurst und Bier in den Top-Ligen von Europa, wo jeder auf seinem angeschriebenen Platz sass. Trotzdem oder gerade deswegen war er stolz, hier zu sein, und machte sich mit seinen

Kollegen auf ins Gedränge. Ein solches hatte er selten erlebt, und er bemerkte schnell, dass er selber rempeln musste, wenn er noch vor Spielbeginn hineinkommen wollte.

Bei der Eingangskontrolle bemerkte er wieder die Polizisten, die jeweils zu zweit an der Seite standen, mit Schild und Schlagstöcken bereit. »Schlimmer als in Vietnam«, bemerkte einer der Kollegen. »Sie haben aus der Vergangenheit gelernt, deswegen sind heutzutage sogar Helikopter im Einsatz.«

Als sie endlich im Stadion waren, bot sich ihm ein atemberaubender Anblick. Eine solche Menschenmasse hatte er noch nie an einem Ort gesehen. Die eine Hälfte in Rot, der Farbe des Gegnerteams, die andere in Schwarz-Weiss und obwohl das Spiel noch nicht begonnen hatte, hallten der Gesang und das Geschrei der Fans durch das altmodische Stadion. Endlich war er angekommen. Der Fan erinnerte sich noch an den Morgen, als er mit dem Flugzeug gelandet war, um direkt zum Spiel aufzubrechen. Er erinnerte sich an seine verhasste Arbeit, seine Ex-Freundin und all die Sorgen, die ihm in diesen Tagen im Kopf herumschwirrten. Er erinnerte sich sorgfältig daran, weil er wusste, dass er sie die nächsten neunzig Minuten endlich komplett vergessen konnte.

Der Regen war stärker geworden, doch das schien niemandem etwas auszumachen und schwächte auch die geladene Atmosphäre nicht.

»Na, was sagst du? So was schon mal gesehen?«, lächelte ihn sein Kollege vielsagend an.

Nein das hatte er nicht. Auch so ein mächtiges, intensives Gefühl hatte ihn schon lange nicht mehr in seinem eintönigen Leben ergriffen. Gespannt und von Neugier erfüllt schaute er sich jedes Detail an: die schwarzen Fahnen, die trotzig im Wind wehten, die Leute, die sie trotz dem Unwetter, welches immer stärker wurde aufrecht hielten. Während der Himmel immer dunkler wurde und der Wind durchs Stadion pfiff, sangen unterschiedliche Menschen aus der unteren Schicht die Fanlieder, alle zusammen mit dem gleichen Ziel: besser zu sein als der Gegner. Besser, lauter, angsteinflössender, gefährlicher. Ein seltsames Gefühl der Zugehörigkeit stieg in ihm auf. Er wusste, alle Leute in diesem Fanblock würden hinter ihm stehen, und er stand hinter ihnen.

Als das Spiel losging und sie ein weiteres Lied anstimmten, sich alle zusammen umarmten und auf den Stühlen auf und ab sprangen, war er fast überrascht, dass nicht alles zusammenkrachte. Noch mehr überraschte ihn, wie gewissenhaft mitgesungen wurde, kein Mensch stand ruhig da, keiner ass einen Hotdog, so was gab es gar nicht, man rauchte nicht mal eine Zigarette und das gefiel ihm sehr. Die Entscheidung fiel in der siebzigsten Minute, als sein Team zum zwei zu eins punktete. Innerhalb weniger Sekunden schien der ganze südliche Teil des Stadions in Flammen zu stehen, rote und gelbe Flammen von brennenden Pyros. Durch den aufsteigenden Rauch konnte er nichts mehr sehen, aber das war unwichtig. Während sich Freunde und wildfremde Menschen umarmten, erwischte er sich dabei, wie er, wie viele andere, der gegenüberliegenden Seite den Stinkefinger zeigte. »Da habt ihr's!«, schrien sie zusammen und er erkannte, wie süss die Genugtuung war, der Hass auf das andere Team, das ihm so hochnäsig schien. Er erinnerte sich an alle Leute, die ihm je Unrecht getan hatten, und komischerweise verband er sie meistens mit diesem Gegnerteam. Deswegen freute ihn der nahe Sieg umso mehr.

Einige seiner Kollegen legten in den unteren Reihen mit Papierfetzen Feuer und die Feuerwehr rückte ein. Anderswo wäre das Spiel unterbrochen worden, doch hier war nicht anderswo. Nach einigen Minuten ging es schon weiter, während die Feuerwehrleute Wasser in ihre Reihen spritzten und sich bemühten, das Feuer zu löschen, während einige Fans trotzig davor standen, um es mit ihren Körpern zu schützen.

Als er zwei Tage später, zurück an seinem Arbeitsplatz, zurück in seine normale Welt, zurück im modernen Europa war, spürte er die Erkältung, die er sich eingefangen hatte. Sie entwickelte sich zu einem starken Fieber und er musste fünf Tage im Bett verbringen, dennoch wusste der Fussballfan: Es hatte sich gelohnt und das nächste Mal würde er wieder dabei sein.

# ALS ICH GLÜCKLICH WAR

*I*ch kann grundsätzlich schlecht einschlafen. Es geschieht nicht selten, dass ich auch nach dem Lesen etlicher Seiten eines dicken Buches nicht müde werde. Deshalb steht auf meinem Nachttisch, neben der Leselampe, eine Packung Schlafpillen. Auch in dieser Nacht nahm ich ein Buch mit ins Bett. Ein verirrter, einsamer Windstoß wehte durchs offene Fenster, was mich in Herbstnächten wie dieser stets erfreute.

Ich las in meinem Buch, welches traditionelle Kurzgeschichten eines längst verstorbenen Schriftstellers enthielt, und wurde diesmal auch ohne Pillen allmählich müde. Zur Uhr blickend stellte ich fest, dass schon drei Uhr war. Ich schaltete die Lampe aus und schlief ein.

Ich träumte, wie ich mit einem alten Freund in eisiger Kälte durch eine enge, asphaltierte Ladenstraße lief, in der alle Läden gleich aussahen. Läden, in denen die immer gleichen Leute, die immer gleichen Dinge kauften, von denen sie dachten, sie bräuchten sie.

»Ich hätte es nicht für möglich gehalten, dass du wieder so glücklich sein kannst«, sagte mein Freund, während er seine Hände in die Hosentaschen steckte. Er schien mich zu beneiden, ohne es offen zum Ausdruck bringen zu wollen. »Dabei hatte es den Anschein, du würdest alleine bleiben.«

»Tatsächlich?«

»Alle waren der Meinung –«. Er verstummte. Tatsächlich war ich erfreut darüber, mein Glück gefunden zu haben, gleichwohl war es mir ihm gegenüber peinlich. Er war normalerweise der Zufriedenere von uns. Wir gingen eine Weile wortlos weiter, bis mein Freund neben einer Straßenlaterne vor einem schummrig beleuchteten Geschäft stehen blieb und den Schal enger um den Hals schlang, um sich vor dem Wind zu schützen.

»Bist du mit ihr verabredet?«, fragte er vorsichtig.

»Ja, am Bahnhof.«

»Ich muss mich hier verabschieden.«

»Bis bald«, verabschiedete ich mich und bog in die nächste Gasse ein, die zum Bahnhof führte.

Die Häuser an den Straßenseiten sahen weiterhin alle gleich aus. Während ich darüber nachdachte, stand ich plötzlich am Bahngleis und sie war direkt vor mir. Wir umarmten uns wortlos und lange. Ich verspürte ein unbeschreibliches Gefühl, welches mir nach langer Zeit fast fremd erschien. Es fühlte sich an, als dauerte dieser Augenblick eine Ewigkeit. Ich konnte nicht sagen, wie lange wir stillstanden und einander umarmten, doch einige Erinnerungen kamen langsam und undeutlich auf. Ich konnte mich nicht erinnern, wo und wann wir uns kennengelernt hatten, aber sie hatte mich damals angelächelt. Sie war eine Frau, die selten lächelte. In diesem Moment hatte ich mich in sie verliebt. Aber dann war sie verschwunden. Wohin war sie gegangen? Ich hatte sie einfach aus den Augen verloren. Etwas war geschehen, ich wusste nicht mehr was, und sie war von einem Moment auf den anderen weg. Wie hatte das geschehen können? Obwohl ich sie so lieb gehabt hatte, so gebraucht hatte. Weshalb nur hatte ich sie aus den Augen gelassen? Ich glaube, wir hatten uns zur falschen Zeit kennengelernt. Ort und Uhrzeit hatten gestimmt, nur das Datum war falsch gewesen. Doch jetzt war sie wieder da.
Sie flüsterte: »Ich höre, du bist ein anständiger

Mensch geworden und hast es zu etwas gebracht.« Ich löste die Umarmung, um ihre Augen sehen zu können und ihr zu antworten, blickte jedoch ins Leere und war wieder in einer menschenleeren Straße, weit entfernt vom Bahnhof.

Die abendliche Dämmerung tauchte den Weg langsam in Dunkelheit. Der Asphalt schimmerte nass, wie von Nieselregen. Ich war wütend, meines eben gewonnenen Glückgefühls beraubt und rannte los, so schnell ich konnte. Doch wie weit ich auch rannte, der Bahnhof blieb am Horizont. Ich musste mich beeilen, denn der Zug würde bald losfahren. Ich wollte ihr alles sagen und ihr Herz nicht schonen. Die ganze Wahrheit, all meine Gedanken und Sorgen. Ich hoffte, es würde ihr etwas bedeuten. Während ich darüber nachsann, verkürzte sich die Distanz, ich kam rasant näher, konnte sie wieder vor mir sehen.

Ich erwachte. Der Morgen graute und sonderbar rührend klang der helle Gesang eines Vogels aus der Ferne. Als ich ihm lauschte, überkam mich die Furcht, heute völlig übermüdet zu sein, weil ich zu wenig geschlafen hatte. Ich versuchte wieder einzuschlafen. Doch es wollte mir nicht gelingen, zu deutlich war die Erinnerung an den Traum und mich quälten die Gedanken daran. Ich nahm eine Pille, um einzuschlafen und um meinem krankhaft pochenden Gewissen zu entkommen, und sank in einen traumlosen, tiefen Schlaf ...

# DAS UNGEHEUER VOR DER TÜR

*E*in Ungeheuer stand vor meiner Tür und versperrte mir den Weg. Ich wusste nicht, seit wann es dastand oder wie es dahin kam. Ob es sich langsam über die Zeit dahingeschlichen hatte? Aus dem Nichts aufgetaucht war? Es stand jedenfalls da und versperrte mir den Weg: groß, übermächtig und angsteinflößend.

Ich spürte, wie es alle möglichen Ängste und Sorgen umfasste, alle Enttäuschungen und Niederlagen der weiten Welt – oder waren es nur meine?

Ich fand mich damit ab. Es reichte ein Blick nach draußen und sofort verließ mich der Mut, die Lust nach der kalten Sonne, die mich auszulachen schien. Der lang erwünschte Regen, um sie nicht mehr anblicken zu müssen, blieb ohnehin konsequent aus.

*Lieben... aber wen? Für eine Weile lohnt es*

die Mühe nicht, und ewig lieben ist unmöglich. Nun ja, wozu hinausgehen. Alles was ich brauchte, hatte ich drinnen.

*Und die Jahre vergingen, alle besten Jahre.* Nach langer Zeit blickte ich wieder nach draußen. Das Ungeheuer stand immer noch vor der Tür, doch etwas schien sich in mir zu ändern. Zum ersten Mal erfasste mich das Verlangen, einen Weg zu finden das Ungeheuer zu umgehen, es auszutricksen. Ich versuchte Mut zu fassen, suchte bewusst nach glücklichen Gedanken aus vergangener Zeit, jedoch entwichen sie mir schneller als der Zigarettenrauch durch das halb offene Fenster. Es war hoffnungslos.

Plötzlich ertönte eine Stimme: »Was aus dir geworden ist, hat meine Erwartungen enttäuscht.«
»Das ist nicht meine Schuld. Das Ungeheuer versperrt mir den Weg.«
»Aber du hast die Herausforderung geliebt?»
»Ich liebe sie.«
»Was liebst du? Die Herausforderung oder die Einsamkeit?«
»Wie Schopenhauer schon sagte: *Nur in der Einsamkeit kann jeder ganz er selbst sein; in ihr allein ist Freiheit.*«

»Wie kaltschnäuzig du bist. Denkst du, du hast all deine Ziele erreicht?«

Ich verstummte, da mir keine Antwort einfiel. Die Stimme sprach nie wieder.

Das Ungeheuer steht weiterhin vor meiner Tür und wird stets davor lauern. Ich sehe keine Hoffnung. Die Balken dieses Hauses wollen mich erdrücken. Wie ein Ungläubiger, der zum Glauben bekehrt werden muss, bemühe ich mich, jedoch nagt der Zweifel unbarmherzig an meiner Seele. Trotzdem ist mir klar, mehr als je zuvor, dass nur noch eine Richtung für mich übrig geblieben ist. Ich trete hinaus vor die Tür.

# DER ZIGEUNER IM PARK

Gemütlich schlenderte ich mit meinem Freund Nikola durch die breite Knez-Mihajlova-Strasse in Belgrad. Es war einer dieser tückischen Frühlingstage. Die Sonne spielte warmes Wetter vor, während uns der Wind in unregelmässigen Abständen die Kälte in den Rücken blies. Ich blickte hoch zum unruhigen Himmel und fragte mich, ob es noch regnen würde. Es war bewölkt, doch die Sonne strahlte tapfer hindurch. Wir waren auf dem Weg zu einem Park.

Aus der Schweiz kommend, mochte ich die Natur und wollte mir die berühmten Belgrader Parks anschauen, die alle Namen gefallener Helden oder wichtiger Persönlichkeiten aus der Vergangenheit trugen. Als Nikola mich in die Mitte des Karadjordjev Parks führte und ich bestrebt war, mich zu beeilen, da sich das Wetter zu verschlechtern drohte, wurden wir durch einen unüberhörbaren Lärm abgelenkt.

Neben einer alten Parkbank fuchtelten mehrere Leute mit den Armen und stritten sich lebhaft. Beim Näherkommen erkannten wir einen älteren Mann auf der Parkbank liegen, Arme und Beine ausgestreckt. Sein Gesicht war dunkelbraun und unter einem schäbigen Hut konnte man sein schwarzlockiges Haar erkennen. Offenbar hatte sich ein junger Mann lauthals über ihn beschwert, er verschmutze das Stadtbild und solle sich Arbeit suchen. Eine ältere Frau mit einem Regenschirm in der Hand fuchtelte mit ebendiesem umher und verteidigte den Mann. Nikola schüttelte genervt den Kopf: »Es ist einer der Zigeuner, die sich hier oft ausruhen.«

Zufälligerweise oder sollte ich sagen glücklicherweise kam gerade eine Polizeipatrouille vorbei. Die Polizisten vermochten die Lage zu beruhigen, waren sich aber uneins über den Zigeuner. Anscheinend hatten sie keine Lust, ihn auf den Polizeiposten mitzunehmen, also beliessen sie es bei der Streitschlichtung.

Die Streithähne zerstreuten sich und gingen ihres Weges, als wäre nichts geschehen. Da es zu nichts Schlimmerem gekommen und keiner verletzt worden war, blieben manche Schaulustige vor Ort und fanden es amüsant, während sich andere noch über den Zigeuner empörten, welcher weiterhin seelenruhig auf der Bank lag. Er hatte die ganze Zeit kein Wort gesagt. Der ganze Aufwand um ihn schien ihm nicht das Geringste auszumachen. Seine Augen strahlten etwas Merkwürdiges aus, als er sich eine Zigarette anzündete, daran zog und dem Rauch mit einem müden Blick folgte, als würde er nichts weiter für sein Glück brauchen. Die Wolken hatten sich mittlerweile verzogen, die warme Sonne zeigte uns ihr Gesicht. Als wir weiter unseres Weges gingen, blickte ich noch einmal zurück: Die Frau hatte im Tumult ihren Regenschirm liegen gelassen, was der Zigeuner nun mit fröhlicher Miene bemerkte. Er nahm ihn zu sich und spannte ihn auf der Parkbank so auf, dass er nun schön im Schatten lag, geschützt von den aufkommenden Sonnenstrahlen.

Spätabends im Bett dachte ich noch mal an den Zigeuner. Durch simples Liegen auf einer Parkbank, als Aussteiger der Gesellschaft, hatte er mir vorgespielt, wie man die Welt verachtet und ignoriert. Am Ende brachte ihm dieser schäbige Regenschirm die Zufriedenheit, die sich jene wünschen würden, die ihn beschimpft hatten. Vielleicht hatte er auch nur Glück gehabt. Die Eskalation des Streits um ihn war an diesem Tag ausgeblieben. Genau wie der Regen.

# MASSOUD

*L*aurent stützte seinen verletzten Kameraden, dem das Blut von den Lippen tropfte und auf dem trockenen Boden landete. Sie gingen weiter, Schritt für Schritt, Augen und Ohren mit Tüchern zugedeckt, als Schutz vor dem Sand. Winzige weiße Sandkörner wirbelten hoch hinauf zum Himmel. Der Sandsturm war gewaltig. Unablässig wechselte er die Richtung. Sie änderten die Laufrichtung, um auszuweichen, doch der Sturm schlug die gleiche Richtung ein, Mal für Mal. Es war wie ein wilder Tanz mit dem Totengott in der Dämmerung.

Laurent glaubte schemenhaft ein einsames Haus zu erkennen, bevor er am Ende seiner Kräfte das Bewusstsein verlor.

Das klagende Bellen eines Hundes ertönte aus der Ferne und riss ihn aus dem bedingungslosen Schlaf. Das Erste, was er im Augenwinkel sah, war ein schäbiger alter Stuhl, auf welchem seine Uniform lag. Er erkannte an der Schulter das französische Wappen mit den Initialen seiner Einheit, voller Blutflecken. Durch ein winziges Fenster drang ein Sonnenstrahl und erleuchtete den Raum. Jedes einzelne Staubkörnchen war dadurch in der Luft erkennbar.

Schwach, wie der Sonnenschein kam die Erinnerung zurück. Sie waren auf Patrouille gewesen. Der Krieg war im Grunde schon vorbei, doch Gerüchte über eine Offensive der radikal-islamischen Taliban beunruhigte einige in der Einheit. Die Unruhe sollte sich als begründet erweisen. Sie waren in einem Tal in einen Hinterhalt geraten. Mit letzter Mühe hatte er mit seinem Freund fliehen können.

Das Zimmer war schlicht eingerichtet, ein Holztisch in der Mitte, daneben der schäbige Stuhl, ein kleiner Schrank dahinter. Auf der linken Seite war ein fleckiger Backofen und daneben stand seine verbliebene Ausrüstung am Boden, sein Helm und seine Pistole. Das Funkgerät und seinen Freund hatte er wohl unterwegs verloren. Er war allein. Schmerz durchzuckte seine Schulter. Er blickte darauf und war überrascht, dass sie gut verbunden war.
*Wo zur Hölle bin ich?* Mühsam hievte Laurent sich aus dem Bett und humpelte zu seiner Ausrüstung.

Gerade als er seine Pistole ergriff, betrat ein alter Mann den Raum.

»Wer bist du? Wo ist mein Kamerad?«

Der alte Mann, offenbar ein Moslem, mit einem mittellangen, grauschwarzen Bart, schaute ihn mit großen, müden Augen an. Laurent ging auf ihn zu und stieß ihn zur Wand, die Waffe direkt auf den Kopf gerichtet.

»Dein Kamerad starb in der Nacht« antwortete der Mann mit trauriger Stimme.

»Ich habe getan was ich konnte, doch seine Wunde war zu tief. Krieg ist für alle grausam.«

Sie unterhielten sich auf Persisch, mehr schlecht als recht, jedoch verständlich. Der Fremde war offenbar kein Krieger, sondern ein Bauer. Er wirkte kränklich, dennoch stand er aufrecht und ungebeugt. Seine Weste war grau und er trug sie über einem langen weißen Umhang, welcher erstaunlich sauber wirkte.

»Mein Name ist Massoud.«

Laurent senkte die Pistole langsam zu Boden, sein Misstrauen allerdings blieb. Er bemerkte, dass ohnehin keine Kugeln mehr drin waren. Massoud ignorierte die Waffe, als er ihm den Rücken zukehrte und zum Ofen schritt. Also sackte Laurent erschöpft auf das Bett zurück, welches knarrend unter seinem Gewicht nachgab.

*Vielleicht hat er die Pistole überprüft und weiß, dass sie leer ist. Vielleicht ist er deswegen so gelassen.*

Als Massoud sich ihm wieder zuwandte, konnte Laurent den Blick nicht von ihm lassen, war wie gezwungen das Gesicht des alten Mannes anzuschauen, sich fragend, wer oder was er war, was seine Absichten waren. Er versuchte sich das Gesicht in Zorn vorzustellen, doch es wollte ihm nicht gelingen. Er sah lediglich ein dunkelbraunes, durchfurchtes Gesicht mit einer großen kräftigen Nase, nur die dicken, rötlichen Lippen passten irgendwie nicht dazu. Der Moslem nahm Mehl und Öl, knetete in einer Schüssel einen Teig und zündete den kleinen Ofen an. Während der Fladen buk, ging er hinaus und kam mit Käse und Eiern zurück. Die Dämmerung war inzwischen angebrochen. *Vermutlich habe ich den ganzen Tag geschlafen.*

Dem jungen Franzosen blieb nicht viel übrig, als ruhig zu bleiben. Er konnte sich ohnehin kaum bewegen wegen der Schusswunde in der Schulter. *Mein Freund war nicht schwer verletzt. Wie konnte er sterben, was führt der Moslem im Schilde, wo ist mein Freund?*

»Ich mochte dieses Land noch nie«, murmelte

Laurent, »warum lebe ich noch, was ist dies für ein komischer Kauz?«

Der Tisch war nun gedeckt und das Essen bereit. »Iss«, sagte Massoud und wies mit der Hand zum Tisch.

»Warum machst du mir Essen?«

»Du hast Hunger.«

Es tat gut, sich den leeren Magen zu füllen, trotzdem wollte Laurent sich nicht davon ablenken lassen. »Wo ist mein Freund? Ich will ihn sehen!«

Massoud stand wortlos auf und ging langsam nach draußen. Laurent folgte ihm. Hinter dem Haus stand ein Schuppen, darin lag ein Körper auf dem Boden, ein weißes Leintuch darüber.

»Er war wie ein Bruder für mich. Ich habe keine Familie, er hatte eine. Ich muss ihn nach Hause bringen.« Laurent sprach die Worte leise aber bestimmt. Er wusste nicht, warum er sie Massoud anvertraute, doch hatte er ein komisches Gefühl der Trauer in sich.

*Ich bin der Fremde in diesem Land. Ich habe seine Landsleute getötet. Ich stehe immer noch hinter dem Sinn, hinter der Notwendigkeit für diesen Kampf, obwohl meine Motivation, nach allem, was ich gesehen habe, stark nachgelassen hat. Doch was weiss er davon? Warum gibt er*

*mir Essen? Warum nimmt er mich auf? Ich schä-*
*me mich, weil ich dachte, sie seien alle gleich.*

Der Moslem sprach kein Wort. Er liess Laurent allein mit dem Körper seines verstorbenen
Freundes. Leise verschwand Massoud zurück ins
Haus, während die letzten Sonnenstrahlen in der
beginnenden Dämmerung Licht und Hoffnung
spendeten, mitten in der Wüste, mitten im endlosen Sand. Nach einer Weile folgte Laurent Massoud zurück ins kleine Haus.

»Heute Nacht wird wieder ein Sturm aufkom-
men. Du solltest nicht vor morgen früh aufbre-
chen.«

Laurent schlief schlecht, es war ein unruhiger
Schlaf mit seltsamen Träumen. Als er am Morgen
aufwachte, hatte er Verspannungen in Schulter und Hals, doch im Grossen und Ganzen ging
es ihm besser. Ein Behälter mit Fladenbrot und
Fleisch stand auf dem Tisch bereit, doch sein
Gastgeber war nicht im Haus. Aus dem Fenster
blickend, sah Laurent sich zum ersten Mal genau
um; ein einsamer Baum in der Ferne, der seine
dürren Äste gegen den Boden drückte. Sonst
nur Steine und Sand. Der Anblick konnte nicht

trostloser sein und passte gut zu seinem Gemütszustand.

Massoud trat durch die Tür, grüsste ihn mit einem Kopfnicken und übergab ihm den Behälter vom Tisch. Er erklärte ihm, dass er den toten Soldaten auf seinem alten Holzkarren aufgeladen hatte, sodass er besser transportiert werden könne und wies Laurent den Weg zur nächsten Stadt. In einem halben Tagesmarsch käme er dahin und würde Hilfe finden.

Bevor sich Laurent auf den Weg machte, wandte er sich noch einmal an seinen Gastgeber. Er wollte sich für sein anfängliches Misstrauen entschuldigen, doch kannte er die Worte für »Es tut mir leid« nicht. Er hätte nicht gedacht, dass er sie hier brauchen würde. Also sagte er nur: »Danke.« Der Alte nickte, doch sein Blick verriet nichts.

Viele Tage später, zurück in Frankreich, sitzt ein junger Mann im Café und liest einen Zeitungsartikel mit folgender Überschrift: »Vier tote französische Soldaten nach Angriff aus Hinterhalt – Soldat Laurent M. konnte aus Gefangenschaft fliehen.«

# CARESSE LE RÊVE

Mein Französisch ist schrecklich. In meiner Schulzeit hatte ich mich nicht besonders bemüht, die Sprache zu lernen. Damals hatte ich mir nichts dabei gedacht, doch als ich viele Jahre später eine gewisse Zuneigung und Liebe zu der französischen Kultur, Literatur und Nation entwickelte, welche in einem Kurztrip nach Paris resultierte, bereute ich meinen jugendlichen Leichtsinn schon etwas. Ein paar Sätze wie: »J'aimerais un café« und: »Excusez-moi, mon français est terrible« auswendig zu lernen, würde mir nicht helfen, meine mangelnden Französischkenntnisse zu kompensieren.

Dennoch liess ich mich nicht bremsen, eine Reise nach Paris zu unternehmen, um Land und Leute kennenzulernen. Auch die Beteuerungen eines Freundes, die Pariser seien arrogant, hielten mich nicht davon ab. Zu gross war meine Begierde mit den Franzosen in Kontakt zu treten, nachdem die französische Literatur jahrelang meine Fantasie angeregt und mein oft angespanntes Gemüt beruhigt hatte. Natürlich war ich auch gespannt auf die altehrwürdige Architektur der Stadt, die Strassen und Gassen, die voll besetzten Bistros und die Sehenswürdigkeiten. Besonders interessierte mich jedoch die Lebensweise der Pariser, weshalb ich die Passanten auf der Strasse mit der gleichen Faszination betrachtete wie die Bauwerke.

Mein Hotel befand sich an der Rue de Rivoli und war genau das richtige für mich, im Stil des 19. Jahrhunderts gebaut, mit viel Liebe zum Detail in der Einrichtung, vielen Fotos und Gemälden, welche die Geschichte von Paris nachzeichneten. »Paris ist am schönsten, wenn es regnet«, hatte ich einmal gehört und konnte mich gleich selbst davon überzeugen. Ohne Schirm, mit Mantel und Fotokamera ausgestattet, erkundete ich neugierig die Viertel Marais, Montmartre und nahm sogar an einer Bootsfahrt auf der Seine teil, während mich ein schwacher Nieselregen treu begleitete.

Bald war schon mein letzter Abend gekommen. Ich spazierte durch die Gassen und betrachtete die glänzenden Dächer und verwaschenen Häuserwände. Der Regen fiel wie am Vortag, fein doch unablässig. Zum Abschluss wollte ich mir ein Essen in einem guten Restaurant gönnen, da ich auf den ganztägigen Wanderungen durch die Stadt an den vorherigen Tagen meist unterwegs gegessen hatte und am Abend eher müde gewesen war. Nach kurzer Suche in den engen, mit Pflasterstein belegten Gassen fand ich ein schönes, typisch französisch aussehendes Restaurant. Auf dem Schild oberhalb der Eingangstür stand »Caresse le rêve«.

Ich ging hinein und schaute mich um. Es wimmelte von Franzosen, der perfekte Ort für mich. Die Einrichtung war schlicht und altmodisch. Dunkelbraune Tische standen dicht beieinander, die Wände waren jedoch aufwendig bemalt. Ich schaute mir das aufgemalte Bildnis einer in einem Segelboot sitzenden französischen Dame an. In der Sprechblase darüber las ich: *Plus légère qu'un bouchon j'ai dansé sur les flots.*

Der Kellner kam, um mich an einen freien Platz zu bringen. Er trägt zwar keinen schwarzen Frack und hat auch keine Serviette über dem Arm, doch damit muss ich mich abfinden, dachte ich mir und musste dabei lächeln.

Nachdem ich mit Mühe – und viel Hilfe aus dem Wörterbuch – meine Bestellung abgegeben hatte, blickte ich mich genauer um. Die eng beieinanderstehenden Tische liessen nicht viel Freiraum, trotzdem wirkte es gemütlich. Wie auch am Tag auf den Strassen beobachtete ich die Pariser gerne bei ihrem Alltagsleben, bei ihren Gesprächen. Die Lektüren, denen ich mich einst hingegeben hatte, um meine Nerven zu besänftigen, begannen langsam in einem überraschenden Sinn zu wirken. Sie verliehen meinen Vorstellungen von der französischen Lebensweise, über die ich stundenlang nachgesonnen hatte, feste Konturen. Während ich auf das Essen wartete, liess ich meine Gedanken schweifen und rief mir die Gestalten aus dem letzten französischen Roman in Erinnerung, den ich gelesen hatte. In meiner Vorstellung füllte ich das Restaurant mit ihnen aus. Gleichwohl lauschte ich der Unterhaltung meiner Tischnachbarn, die wild gestikulierten. Soviel ich verstand, diskutierten sie über ein Fussballspiel.

Plötzlich öffnete sich die Tür und zwei Männer betraten das Restaurant. Ihre Gesichter halb verborgen hinter den hochgeschlagenen Kragen ihrer Mäntel musterten sie alle Anwesenden misstrauisch. Dann zwängten sie sich zwischen die Tische und setzen sich an einen Tisch direkt neben meinem. Ich schaute sie kurz interessiert an, fragte mich, ob sie auch Touristen seien, da begannen sie schon ihr Gespräch in einer mir fremden Sprache. Als wären sie alleine, war der Raum bald erfüllt mit ihren Stimmen, gelegentlich unterbrochen durch unüberhörbare Lachanfälle. Mein Gefühl, in der Traumwelt meiner Romane, in Paris, der Stadt der Künstler und Literaten zu sein, verschwand nach und nach. Je länger ich meine Tischnachbarn beobachtete, ihnen unfreiwillig zuhörte, desto mehr ärgerte ich mich über die Störung. Sie schienen wie geboren für eine Schurkenrolle im Film. Alles an ihnen wirkte prahlerisch – natürlich das Gesicht und das Outfit, aber auch die Art und Weise, wie sie miteinander sprachen, mit lauter, erbarmungsloser Stimme. Ja, Sie waren definitiv Touristen wie ich, bemerkte ich, als Sie einen Stadtplan und Flugtickets auf den Tisch legten.

Um die zwei Herrschaften zu vergessen, deren Anwesenheit mir immer unangenehmer wurde, begann ich eine Unterhaltung mit meinem an-

deren Tischnachbarn, doch meine Französischkenntnisse beendeten diesen Versuch schnell.
Seine Antworten blieben einsilbig. Als fühlte
auch er sich unwohl, hatte er sich vom Licht ab-
gewandt und die Mütze noch tiefer in die Stirn
gezogen.

Mit gedämpfter Freude empfing ich mein
Essen, ein Entrecôte an Rotwein-Butter-Sosse
mit Kartoffeln. Sogleich ging der Kellner zu den
Neuankömmlingen, um ihre Bestellung aufzu-
nehmen. Dabei erlebte ich eine Überraschung,
denn sie unterbrachen ihre Unterhaltung und be-
stellten in scheinbar perfektem Französisch, nein
sie gingen sogar einen Schritt weiter und frag-
ten nach Empfehlungen und aus welchen Zuta-
ten eine bestimmte Sosse bestand. Was für eine
Dreistigkeit! Trotz meiner Mühe, in das französische Leben einzutauchen, schienen die Männer
in dieser Stadt besser angepasst zu sein als ich.

Als ich das Restaurant verliess, war es um meine gute Laune endgültig geschehen. Gewiss,
diese Herren waren mir alles andere als sympathisch gewesen. Doch das war es nicht alleine,
was mir die Stimmung verdarb. Zurück im Hotel-
zimmer dachte ich noch lange darüber nach.

Ich stellte fest, dass ich ein noch schlimmerer
Egoist war, als mir bewusst gewesen war.

# KÖNIG PETAR

*Da die serbische Armee nicht mehr exis-
tiert, abgesehen von ein paar armseligen Res-
ten, die in die albanischen Berge geflohen sind,
wo sie ihren Tod finden werden, sind alle weiteren Operationen abgebrochen und es werden
keine weiteren Heeresberichte auf und über den
Balkan mehr veröffentlicht* – dies vermeldete die
deutsche Kriegsführung im Winter 1915.

Endlose, unübersichtliche Kolonnen erstreck-
ten sich über den Landweg in Richtung der albanischen Grenze. Unterwegs waren, abgesehen
von den verschiedenen Armeeangehörigen,
Bataillonen, Zügen und Staffeln, von Tieren gezo-
gene und andere Wagen. Mit Kleidern und anderen Habseligkeiten aufgefüllt und vollgestopft
mit Frauen, Kindern und Älteren. Da waren der
König und seine Regierung, Mitglieder des Parla-
ments, hohe Beamte, das diplomatische Korps,
ausländische Kriegskorrespondenten, Schau-

spieler, Sänger, Polizisten, Kriegsgefangene, freigelassene Kriminelle: eine ganze kleine Nation – unterwegs.

Am Abend als das Lager aufgeschlagen wurde, war Milutin auf der Suche nach einem Platz am Feuer. Etwas abgelegen schien er einen guten entdeckt zu haben.

»Hey, alter Mann, warum sitzt niemand bei diesem Feuer? Da hinten sind dutzende Leute und du bist alleine?«, fragte er mit lauter, erstaunter Stimme. Der alte Mann warf ihm einen prüfenden Blick zu, in welchem Milutin Müdigkeit, aber auch eine innere Ruhe klar erkennen konnte: »Hm, ich weiss nicht. Vielleicht bin ich kein guter Mensch. Setz dich hin und leiste mir Gesellschaft.«

Milutin setzte sich und führte das Gespräch gleich fort: »Sag mir, guter Mann, ist der Alte schon angekommen?«

»Welcher Alte? Es gibt unzählige alte Männer in der Kolonne.«

»Was meinst du mit ,welcher Alte«, entgegnete Milutin mit übertriebener Fassungslosigkeit, »dieser Alte ist unser Ein und Alles, unser alter Mann: König Petar.«

»Wartest du nur auf König Petar? Ist er ein Verwandter von dir, dass du dir solche Sorgen machst?«

»Na, weisst du, ich habe gehört, dass er sehr leidet auf dem Weg. Er ist alt. Deshalb hat er das Kommando seinem Sohn überlassen. Er verdient dieses ganze Leiden nicht.«

»Dies verdient kein Serbe.«

»Aber nicht jeder Serbe ist ein König«, fuhr Milutin in seiner aufbrausenden Art unbeirrt fort, »deshalb tut er mir leid. Warum sollte er ein solch schmerzliches Leben haben. Wenn ich wüsste, wo er ist, ich würde anbieten, ihn auf meinem Rücken zu tragen. Ich würde es machen.«

»Woher kommst du, Soldat, dass du so sprichst?«

»Aus Lika, alter Mann. Ich wurde von Kaiser Franz Joseph rekrutiert und sie sandten mich, gegen Serbien zu kämpfen. Aber sobald wir die Drina überquert hatten, desertierte ich zu unserer serbischen Seite.«

»Und was sollen wir jetzt tun, Soldat?«

»Nun ja ... jetzt ziehen wir uns zurück, werden hungriger und sterben. Wir leiden. Aber so sei es. Auch Christus litt und wurde wiedergeboren. Irgendetwas in meinem Herzen sagt mir: Gott hat uns noch nicht verlassen. Nein hat er nicht ...«

»Meinst du?«

»Um ehrlich zu sein, ich fühle mich sehr schlecht

und habe Hunger. Doch in meiner Seele ist es warm. Am Ende werden wir Serben siegen, das sag ich dir.«

»Wenn wir bis dahin nicht vor Hunger und Kälte sterben.«

Der alte Mann hatte während der ganzen Unterhaltung ein leises Lächeln auf dem Gesicht, welches jetzt jedoch klarer erkennbar wurde. Diese Kleinigkeit und der Kommentar brachten Milutin endgültig aus der Fassung.

»Hör mal, alter Mann, warum beängstigst du mich in dieser Kälte? Jetzt weiss ich, warum du alleine beim Feuer bist. Du bist ein schlecht gelaunter Nörgler und damit vertreibst du die anderen Leute. Warum grinst du? Du solltest dich schämen vor König Petar, ihr seid etwa im gleichen Alter.«

In diesem Augenblick kam ein hochgewachsener Mann hinzu und fragte mit der noch verbliebenen militärischen Strenge:

»Soldat, was machst du hier?«

»Herr Oberstleutnant, ich frage mich auch, was ich hier mache, neben diesem Nörgler.«

»Lassen Sie ihn, Oberstleutnant.«

»Eure Majestät, wir haben einen verborgenen Platz gefunden und euer Bett eingerichtet.«

»Oh Gott, Eure Majestät, ich...«« – Milutin fiel aus

allen Wolken.

»Soldat, es ist in Ordnung. Ich danke dir. Du hast mich überzeugt, dass Gott die Serben noch nicht vergessen hat.«

Das Grinsen auf König Petars Gesicht wich nicht.

# SCHMETTERLINGE

Mit seinen fünfundzwanzig Jahren konnte man ihn sicherlich nicht als einen alten Mann bezeichnen. Dennoch war er wie ein alter Mann. Die Jahre hatte er in Saus und Braus, dreimal so schnell wie ein gewöhnlicher Mann verlebt.

Das Herz in seiner schmalen Brust pochte nur noch leise. Das Einzige, was seine abgemagerten Wangen erröten ließ, waren die taumelnde Trunkenheit und die Gedanken an seine erste Liebe. Diese zwei, ja nur diese beiden Erinnerungen.

So ereignisreich sein Leben war, so schnell vergaß er das meiste innerhalb eines Wimpernschlags, als ihm sein bevorstehender Tod bewusst wurde. Eines der letzten Dinge, die er tat, war ein Buch zu schreiben. Doch kein einziges Exemplar verkaufte sich. Man musste dem Mann wohl ähnlich sein oder ein ähnliches Leben geführt haben, um das Buch zu verstehen, zu mögen. Gleichwohl war es ihm egal, dies war nicht der Sinn jener Unternehmung. Es war ein Zeitvertreib.

Der alte Mann verschwendete keine Gedanken daran, seinen kommenden Tod zu bedauern. Er hatte nicht die Absicht, kümmerlich seine letzten Tage zu fristen.

Wenn für gewöhnliche Menschen das Ende naht, verbringen sie die Zeit meistens mit ihren Liebsten, an vergangene glückliche Zeiten denkend. Doch er lag alleine auf dem Bett, denn er wollte auch alleine von dieser Welt gehen.

Beim Zusammenkneifen der Augen sah er nur winzig kleine Schmetterlinge: weiß leuchtende, blaue, rote und grüne. Dominierend waren die weißen, die konstant umherschwirrten. Der Grund lag in einer Erinnerung aus seiner frühen Jugend. Damals hatte er gerne am Meer geweilt, welches er zwar nicht im Sommer mochte, jedoch im Herbst, wenn er spätabends davor spazierte. Er erinnerte sich, wie eines Abends ein Schmetterling mit den Flügeln im Wind geflattert hatte, der stark nach Seetang roch. Seine trockenen Lippen bemerkten die Berührung des Schmetterlings nur für einen kurzen Moment, trotzdem spürte er den Hauch Flügelstaub noch viele Jahre später. Was ihn überraschte, war die Furchtlosigkeit des kleinen Tieres und der Fakt, dass er sich immer noch so genau daran erinnerte.

Der Gedanke machte ihn etwas traurig, doch während es immer dunkler wurde im Zimmer, schlich sich ein leises Lächeln auf das Gesicht des alten Mannes und er erinnerte sich an seine Überlegungen über den Tod, über den Frieden, den er ihm bringen würde.

Der alte Mann ist an jenem Tag gestorben.

# DREI GESCHICHTEN

## KASINO

*E*s gibt viele Regeln. Habe ich es geschafft oder bin ich am Ende? Ich habe wieder mit meinem Leben gespielt. Es hat nicht gut geendet. In dieser Stadt voller Spieler träume ich unaufhörlich vom Sieg.

In meiner Hand halte ich die Dame. Sie würde mir Geld bringen, wäre sie neben einem König. Das Leben ist ein Kasino. Gestern war ich der Sieger, heute bin ich niemand. Ich möchte, dass dieses Spiel noch lange weitergeht, denn es fühlt sich an wie Magie. Der Rauch der Zigarette trägt meine Träume fort. Sie haben mich viel gekostet und oft konnte nur das Glück mich retten.

Meine Farbe, meine Zahl, sie müssen mir erneut Glück bringen. Ich sehe die schönen Tage an der Sonne, sie werden bald beginnen. Vor meinen Augen dreht sich die Kugel im Roulette. Heute sehe ich nur Rot in meiner Welt. Meine Gedanken werden sich jedoch bald verdunkeln. Schwarz wie mein Anzug, schwarz wie ihre Augen. Schwarz werden meine Texte, wenn die Liebe mich verlässt. Ich drehe mich im Kreis wie die Kugel und lande auf der Null. Gleich wie das Gestern wird mein Heute sein. Die Würfel sind in meiner Hand, ich werde sie ewig werfen.

Manchmal sehe ich rot. Wie tropfendes Blut. Wie der Teufel, auf den ich jeden Tag warte. Manchmal sehe ich schwarz. Dunkel wie die Nacht. Das Leben ist ein Spiel, welches man alleine spielt. Mein letzter Einsatz liegt auf dem Tisch. Die Würfel sind gefallen. Ich habe eine Dame erhalten, doch sie ist ohne Krone.
Ich habe mit dem Leben gespielt und es hat nicht gut geendet.

# HANDLESEN

*I*ch weiss woher du kommst. Warte, komm kurz her. Ich erkenne dich sofort. Kleiner, du hast eine Narbe am Bauch. Wir sind uns hundert Mal begegnet. Du bist Einzelkind und weit von zu Hause. Denk dran, die Grossstadt ist nah. Die Frau, die du liebst, gehört dir schon lange nicht mehr und das T-Shirt, welches du trägst, ist ein Geschenk von ihr.

Die Zeit vergeht, mein Sohn, während deine Gedanken umherschwirren. Jedes Mal, wenn du unten warst, hab ich dich ausgelacht. Setz dich doch zu mir, nimm dir Zeit. Ich weiss, warum ich auf der Welt bin, du hast es jedoch schon lange vergessen. Kannst du dich erinnern? Ich war in jedem deiner Alpträume, war bei jeder deiner Niederlagen. Lern deine Ängste und Nöte kennen. Was ist los? Es ist alles in deinen Händen. Streck deine Hand für mich aus, ich weiss, du willst dich ändern. Deine Feinde sind mir gut bekannt. Ich habe mit jedem eine Nacht verbracht. Du willst gerne alles wissen, denn aus ihnen hab ich mehr gelesen als aus einer Hand. Sie sagen, du bist interessant und – ach, unwichtig. Ich sag es dir nicht. Du würdest wieder den Falschen schlagen. Ich sag es dir nicht. Du würdest wieder mit der Falschen schlafen. Doch gib mir deine Hand, du weisst, ich bin ehrlich. Ich werde jede Nacht von verlorenen Seelen gesucht. Ich weiss, du bist davongelaufen. Wenn du noch Hoffnung hast, dann sag es mir. Du liebst die weite Welt und würdest gerne verschwinden. Du träumst davon, ich hab all deine Texte gelesen. Ich kenne alle Leute, die du abgeschrieben hast, alle Frauen, denen du etwas versprochen hast. Ich weiss, wohin du heute unterwegs bist.

Endlich haben wir uns getroffen. Gib mir deine Hand und ich sage dir die Zukunft.

# MEIN ALTES ICH

Plötzlich und wie aus dem Nichts taucht er wieder auf. Ich habe ihn ewig nicht gesehen, doch die Erinnerung ist noch da. Er ist allmächtig und kann alles tun, was ich nicht zu tun vermag. Alles, was ich weiss, ist ihm schon längst bekannt. Und meine Bewunderung für ihn ist allgegenwärtig und ungebrochen, während ich daran denke, dass er jedes Hindernis überwinden kann und alles zu Ende führt, was auch immer er beginnt.

Oh ja, ich erinnere mich. Er war schon immer so gewesen. So werde ich niemals sein, obschon ich es früher versucht hatte. Und jetzt ... sehe ich ihn in jedem Spiegel. Es ist kein Traum.

Er weiss das. Und ich weiss es. Er ist wieder hier, doch ich bin allein.

Ich höre sein Flüstern. Er redet meinem Gewissen ein, ich sei schwach und nicht für diese Welt, eine dumme und blinde Platzverschwendung. Doch er möchte mich nur zum Bedauern zwingen. Er meint es gut. Warum bin ich nicht wie er?

Wenn ich meinen Kopf drehe, dreht sich seiner auch. Ich balle meine Fäuste, seine sind längst geballt. Ich schau ihn an, er blickt zurück, mit diesem trotzigen Blick. Ich zerschlage den Spiegel und kehre blutig zurück auf den Boden.

# DER EINSAME WOLF

*I*ch bin ein Wolf. Oft durchstreife ich die menschenleeren Wälder mit meinem Rudel, doch manchmal reicht mir dies nicht aus und ich entferne mich von meinen Brüdern ...

Dann bin ich ein Einzelgänger. Gleichwohl bin ich stolz, zu meiner Gruppe zu gehören. Wir sind wilde Geister, die sich nicht zähmen lassen, und doch erfordert unsere Freiheit eine eiserne Disziplin. Mein Drang zur Einsamkeit jedoch ist nicht typisch für unsere Gattung und wenn ich aufbreche zu meinen eigenständigen Streifzügen, bringt es mich ab und zu in Verlegenheit.

Der Wald ist meine Heimat. Ich liebe die dichten Bäume und die Dunkelheit. Ich liebe sie auch im Herbst, wenn die Blätter abfallen und sich die nackten Äste zum Himmel recken und sich mit dem Wissen begnügen, dass früher oder später der Frühling kommen wird. Ich liebe die Natur vor allem, weil sie fair ist und uns weder hasst noch beneidet.

Eines Tages erblickte ich am Waldrand ein etwa zwölf Jahre altes Kind. Es war nicht ungewöhnlich, gelegentlich Menschen anzutreffen. Das Merkwürdige war eher, dass das Kind alleine war. Der zweite Grund, warum es mir auffiel, war seine leuchtend rote Mütze. Trotzdem beachtete ich es nicht weiter und zog meines Weges. Am nächsten Tag war das Kind jedoch wieder am selben Ort. Ich wurde neugierig und näherte mich ihm langsam. Die Überraschung folgte sogleich. Das Kind wich nicht zurück, sondern starrte mich an. Ich erkannte tiefblaue, traurige Augen, welche sich allerdings zunehmend mit Neugierde und Freude füllten. Ich fragte mich, was es hier alleine tat, denn seine Furchtlosigkeit beeindruckte mich. Vielleicht war es einfach zu jung und unwissend, um mich zu fürchten. Ich begann jeden Tag an die Stelle zu gehen und das Kind war jedes Mal da. Einmal kam es mir so nahe, dass ich seinen Atem in der kalten Luft erkennen konnte.

Doch das ganze Spiel führte zu einem Problem mit meinem Rudel. Sie sagten mir, die Menschen seien alle gleich: unangenehme Gegner und eine schlechte Gesellschaft für uns. Ihr Leben sei bestimmt von Hass, Neid, Lügen und Kälte. Wo findet man bei den Menschen Loyalität? Wo pflegen sie andere Lebewesen und anerkennen den Weg der Natur? Stellen sich die Menschen ihren eigenen Schatten, ohne in Panik zu verfallen? Ich konnte jedoch nicht widerstehen und ging weiterhin an denselben Ort. Schließlich traf ich das Kind nicht mehr alleine an, sondern mit anderen Spielgenossen. Sie schienen keine Freunde zu sein, dies erkannte ich an der Körperhaltung des Kindes. Dennoch erschraken alle, als sie mich sahen und sie begannen kurzerhand, mich mit Steinen zu bewerfen. Das Kind, mein Freund, machte mit. Ich wurde doch nicht akzeptiert von den Menschen. Die Warnungen meines Rudels fielen mir ein. Doch als ich zu ihm zurückkehrte, war ich nicht mehr willkommen. Für mein Rudel war ich ein Verräter, welcher mit Menschen verkehrte. Sie zogen ohne mich weiter.

Eine wirklich neutrale Position gibt es wohl nicht, es besteht immer ein Zwang zur Wahl. Ich fühle mich nun im Wald, den ich vormals liebte, so einsam wie nie zuvor.
Ich bin ein einsamer Wolf.

# FAHRKARTE ZUM GLÜCK

*I*ch stehe an einer Straßenecke zur morgendlichen Stunde. Mit zusammen gekniffenen Augen schaue ich in den Himmel. Solch ein gewöhnlicher Tag.

Ich überlege und suche nach Gründen um mich nicht zu sorgen. Die Karte zum Glück liegt in meiner Hosentasche. Sie führt nur in eine Richtung. Die Karte zu meinen Träumen. Es ist zwanzig nach zehn. Ich träume davon dich zu finden.

Ich werde dir Glück anbieten, wie ein Illusionist. Die dunklen Seiten der Stadt. Das Gerede auf den Straßen. Die Menschenmenge auf dem Bahngleis.

Gerne würd ich schlafen, doch es ist die Zeit der Entscheidungen. Ich fürchte mich vor dem Gedränge, dem Ausdruck auf deinem Gesicht. Die Karte ist gelöst. In eine Richtung. Ich mache mich auf den Weg. Und bitte schone mich, wen ich dir sage, dass ich dich liebe.

# NIEDERLAGE

$\mathcal{D}$ie Tür der Limousine ging auf und der Boss stieg mit seiner Frau ein. Tommy, der Chauffeur, arbeitete nun schon seit zwanzig Jahren für Mr. Salvatore und er hatte schon lange gelernt nicht allzu viele Fragen zu stellen.

Dementsprechend behielt er seine Gedanken für sich als er sein besorgtes Gesicht sah, welches noch blasser war als sonst. Grimmig war auch seine Stimme als er ihm die Anweisung gab, wohin zu fahren war. Eine Stelle am Strand.

Tommy hatte seine Sonnenbrille an. Einerseits um sich vor den durchdringenden Sonnenstrahlen zu schützen und andererseits um einen verborgenen Blick auf seinen Boss werfen zu können. Er wirkte anders an diesem Tag, seine Stirn nun in Falten gelegt und was auch immer ihn bedrückte würde bald ans Licht kommen. Ein weiterer Grund zur Beunruhigung war, dass kein einziges weiteres Wort gewechselt wurde. Seine Ehefrau blickte ihn nicht mal an.

Der Strand lag etwas abgelegen, umgeben von grauen Felswänden. Alles war ruhig und stumm in sich versunken.

Mr. Salvatores dunkelblauer, italienischer Anzug glänzte in der strahlenden Sonne als sie ausstiegen. Er strich sich mit den Fingern durch seine bereits grauen Haare. Dann zündete er sich eine Cohiba an. Inzwischen fasste Tommy den Schauplatz ins Auge; Drei treue Gefolgsmänner standen da, mit hervorgezogenen Pistolen. Ein vierter Mann, kaum erkennbar durch Schürfwunden im Gesicht, grub langsam ein Loch, oder eher sein Grab, im nassen Sand. Seine Haut war braun gebräunt von der Sonne. Die schwarzen Haare kurz frisiert und an seinen Bartstoppeln glänzte das Blut.

Die Frau schluchzte und Tränen liefen ihr die Wangen runter, doch sie sagte nichts, während sie mit großen traurigen Augen das Schauspiel betrachtete. Für den Bruchteil einer Sekunde tauschte sie einen vielsagenden, zärtlichen Blick mit dem Mann mit der Schaufel, just in dem Moment als er aufhörte zu graben und gleich danach auf Mr.Salvatore zuschritt.

Es war kein Hass in seinem Gesicht zu erkennen. Eher etwas wie herausfordernder Trotz. Mehrere Minuten schauten sie sich an, von Angesicht zu Angesicht, dann sagte er etwas. Tommy konnte es im Auto nicht hören, doch Mr. Salvatore schlug dem Mann mit der Hinterhand ins Gesicht, während die Gefolgsmänner schnell angerannt kamen um den Geschlagenen am Boden festzuhalten.

Erst da bemerkte er, und auch die restlichen Anwesenden, dass die Frau wegrannte. Ja sie rannte wohl schon vor einiger Zeit los, denn sie schien schon etwa hundert Meter entfernt.
»Lasst sie gehen.«, murmelte der Boss mit einer abfälligen Handbewegung, während er ins Auto stieg.
»Sie kommt zurück.«
Seinem Gesicht konnte er jedoch nicht rechtzeitig neutrale Züge verleihen.

Tommy wendete den Wagen und machte sich auf den Weg zurück zur Straße und während er fuhr, schaute er nochmal in den Rückspiegel.

Geblendet von der untergehenden Sonne, warf er einen letzten Blick auf den Mann im ärmellosen T-Shirt mit der Schaufel in der Hand.

# FRAGMENTE

## LITERATUR

»*I*ch würde so gerne etwas schreiben. Etwas Bewegendes. Voller Gefühl und Leidenschaft. Doch ich liebe die Literatur zu sehr, als dass ich selber etwas schreiben würde.« Dies sagte mir einst mein Freund, in jungen Jahren und sein Talent blieb für immer verborgen.

# TRÄUME

Von Zeit zu Zeit habe ich Träume.
Schreckliche Träume.
Begebenheiten aus meiner Vergangenheit
schleichen sich rum, wie etwas Geheimes im Nebel und als würden sie mit dem Finger auf mich
zeigen und sagen: es ist deine Schuld.

Manchmal stehe ich in meinen Träumen hoch
oben auf einem Berg. Eine Position aus der man
alles überschauen könnte, doch ich sehe gar
nichts. Nur Nebel.

# KARATE

*E*s geschah einmal, dass ich in einem wichtigen Karatekampf ungeschickt aus dem Gleichgewicht kam und einen Schlag mitten in die Brust erhielt. Ich erinnere mich genau an das Gefühl. Es war als würde jemand das Licht ausmachen und im nächsten Moment lag ich am Boden. Ich hörte noch das Raunen welches durch das Publikum ging.

Ich weiß nicht wie lang ich da lag, doch erschien es mir wie eine Ewigkeit, während ich krampfhaft nach Luft rang. Meine Freunde und mein Trainer schrien ich solle aufstehen, was mir schließlich auch gelang. Ich habe den Kampf aufrecht zu Ende geführt, jedoch trotzdem verloren.

Ich hatte in dieser Zeit auch große Siege im Karate, doch dieses Ereignis ist mir komischerweise am besten in Erinnerung geblieben.

# LEUCHTTURMWÄRTER

*I*ch erinnere mich exakt. Ich war Fünftklässler und somit etwa zwölf Jahre alt. Mein damaliger Lehrer blieb mir klar im Gedächtnis. Er war ein sehr selbstbewusster Mann, mittleren Alters, graue Haare, runde Brillengläser.

Ein Mal mussten wir einen Fragebogen zu Hobbys und Interessen ausfüllen, was uns der Lehrer gleichtat. Unter der Spalte »Traumberuf« schrieb er etwas hin, was mich damals ziemlich verwirrte: »Leuchtturmwärter«

Je älter ich wurde, desto mehr verstand ich seinen Wunsch.
Ich frage mich was er heute macht.

# GLÜCKLICH

Meine Hände fühlen sich an wie salziger Sand. Ich habe von dir geträumt. Meine Hände warteten auf dich, viele Jahre. Vielleicht findest du Spuren der Erinnerung auf meinem Gesicht. Vielleicht betrügt dich deine Vorahnung. Vielleicht stell ich mir das nur vor. Ich möchte, dass du glücklich bist.

# JEMAND LIEBT MICH

Jemand liebt mich und beobachtet mich insgeheim. Jemand träumt von mir, doch ich weiß nicht wer. Während ich durch die Stadt irre, überquert sie die gleichen Straßen wie ich. Ich blicke in die Menge. Ich schaue auf die Welt. Jemand sucht nach mir, doch ich weiß nicht wo. Bitte gib nicht auf. Der Ausdruck auf deinem Gesicht wird dich verraten. Frag heute Abend wieder nach mir und trete hinaus in die Nacht.

# TRAURIG

»Warum guckst du denn so traurig?«
»Mach ich doch gar nicht. Na, was hast du heute so gemacht?« Sie saßen in einer Bar und er schlürfte nach seiner Gegenfrage am Glas Mineralwasser. Dabei versuchte er krampfhaft seinem Gesicht neutrale Züge zu verleihen. Die Frau erzählte ihm nun eifrig von ihrem Tag. Er hörte nur halb zu. Sein Blick verlor sich wieder in der Umgebung. Wie konnten Frauen manchmal unsere geheimsten Gedanken erahnen und begreifen, und in der nächsten Minute, nicht mal die offensichtlichsten Dinge erkennen.

Er schaute durchs Fenster und erkannte verschwommen eine leuchtende Straßenlaterne. Es regnete schwach und ihm fiel auf, dass man die Regentropfen nur erkennen konnte, wenn man auf das Licht schaute. In der Dunkelheit daneben war nichts zu sehen.

# VERGEUDETES LEBEN

Es war ein trüber Spätnachmittag im Herbst. Ich saß in einem Zug Richtung Heimat. Seltsamerweise war ich alleine im Abteil. Während ich darauf wartete, dass der Zug losfuhr, blickte ich aus dem Fenster. Einige Menschen standen an den Bahngleisen, doch alle alleine, keiner war da, der von jemandem Abschied nahm, keiner, der auf jemanden wartete. Der Himmel war überfüllt mit dunklen Wolken, genau wie mein Kopf voller beklemmender Gedanken. Der Anblick draußen passte perfekt zu meiner Gemütsverfassung.

Ich reiste gerne und oft in mein Heimatland Serbien, doch hatte ich selten Lust auf einen allzu langen Aufenthalt. In jüngeren Jahren hatte ich bereits die schönsten, entlegensten und bedeutsamsten Ecken durchforscht. Somit reichten ein paar Tage in Ruhe, gefolgt von ein oder zwei Nächten in den Belgrader Discos oder Restaurants, um die Langeweile aus meinem Leben für eine kurze Zeit zu vertreiben und Lust und An-

trieb für das Alltagsleben zu tanken. Diesmal wollte ich jedoch etwas länger bleiben, denn ich war ausgelaugt von der Arbeit und brauchte dringend Ablenkung und Erholung.
Mein Hotel war im Zentrum von Belgrad. Hotel Moskva. Es war nicht das teuerste Hotel, doch mit Abstand das bekannteste. Jeder Mensch in der Hauptstadt wollte dort gerne einmal einen Kaffee trinken, sich einmal dort zeigen, einmal den Luxus genießen.

Und was kann man über die Stadt sagen? Belgrad mag es nicht, fotografiert zu werden. Es bewegt sich viel zu sehr. Es sieht nicht schön aus auf den Fotos und ähnelt immer anderen Orten. Es ist nicht wie Paris, welches sich den Fotografen einzuschmeicheln weiß und auch nicht wie Moskau, welches so schön aussieht in Glaskugeln, voll mit Schneeflocken. Belgrad ist besonders. Jeder Teil davon. Das Beste in Belgrad sind die Flüsse, die Straßen und der Himmel.

Es war ein Ritual. Jedes Mal, wenn ich da war, pflegte ich einen Spaziergang zum Kalemegdan zu unternehmen. Dieser Park lag nahe meines Hotels, nordwestlich des Stadtzentrums und oberhalb der Mündung der Save in die Donau.

Darüber bildete sich ein weiter Blick auf den Mündungsbereich sowie die Belgrader Stadtteile Zemun und Novi Beograd, darüber hinaus Richtung Norden auf die bewaldete und von Kanälen durchzogene Fläche der Pannonischen Tiefebene. Mitten im Park standen einige Tische, auf deren Oberfläche Schachbrette gemalt waren. Konstant tummelten sich Dutzende Spieler davor: junge, alte, arme und wohlhabende Menschen aus jeder Gesellschaftsschicht. Ich schaute ihnen gerne beim Schachspiel zu und an diesem Tag fiel mir ein Mann abseits der Menge auf. Er saß alleine an einem Tisch. Sein graues, mittellanges Haar wehte unruhig im Wind und er trug einen Anzug, an welchem man erkennen konnte, dass er früher viel Geld wert gewesen war. Jetzt war er jedoch ergraut und staubig, verblichen von der erbarmungslosen Sonne.

Ich blickte auf die Tische: links voller Menschen, voller Aufregung, Spannung und Freude, das Spiel spielend und rechts der alte Mann, alleine und einsam. Dennoch war es nicht Traurigkeit, die ihn umhüllte, sondern eine gewisse Nachdenklichkeit in seinen Augen. Ich ging klaren Schrittes auf ihn zu.
»Hallo, wie wär`s mit einem Spielchen?«

»Warum nicht, junger Mann, legen wir los«, antwortete der alte Mann mit einem Lächeln im Gesicht, zumindest sah es etwa so aus.

Wir begannen zu spielen. Ich hatte Schach schon als kleines Kind von meinem Vater gelernt und mittlerweile verlor ich nur selten ein Spiel. Ich mochte Schach, da es ein Kampf eins gegen eins war. Nichts konnte das Spiel beeinflussen, denn es gab keinen Schiedsrichter wie bei anderen Sportarten. Es war kein Glücksspiel und der Zustand des Platzes wie beim Fußball spielte keine Rolle. Ich wollte alles geben, um ein gutes Spiel abzuliefern, doch der Mann spielte völlig unbeschwert und plauderte mit mir:

»Im Schach ist Hilfe nicht erlaubt. Das ist die Schönheit des Spiels. Du bist in deinen Zügen gefangen, die sich aus deinen vorigen Entscheidungen ergeben. Deine Optionen wechseln mit jeder Wahl dramatisch. Es gibt keinen Rettungsanker. Es gibt keine externe Macht. Es ist ein reiner Kampf zwischen zwei Gegnern.«

Bei seinem ersten Zug fiel mir auf, dass ihm an der rechten Hand der kleine Finger fehlte.

»Was ist mit Ihrem Finger passiert?«

Er musterte mich argwöhnisch und antwortete nach einigen Sekunden:

»Ich erzähl es dir, wenn du mich schlägst.«

Doch er spielte ausgezeichnet und gewann das erste Spiel nach etwa zehn Zügen.

»Ich sehe, du bist nicht von hier«, sagte er.

Vor langer Zeit habe ich aufgehört, mich zu wundern, wie mich die Landsmänner als »Ausländer« erkennen, und ich nickte mit einem Lächeln.

»Ich lebe und arbeite in Österreich.«

»Wo gefällt es dir besser?«

Auch diese Frage war mir seit meiner Kindheit tausendmal gestellt worden. Ohne meine Antwort abzuwarten, fuhr er fort:

»Ich kann mir vorstellen, dass die Leute hier dich anders behandeln. Und sie reden sehr viel Blödsinn in deiner Gegenwart.«

»Blödsinn?«

»Was erzählen dir die Taxifahrer?«

Da musste ich schmunzeln.

»Einer hat mir erzählt, dass seine Tochter mit einem berühmten Tennisspieler aus dem Ausland zusammen sei. Er meinte, dass er in Deutschland gearbeitet und viel Geld verdient hat und dass er Leutnant war im Jugoslawienkrieg. Ach ja, er verbrachte viel Zeit damit, mir auszuführen, was er alles machen würde, wenn er jetzt Geld hätte wie ich. (Er nahm an, ich hätte viel Geld, da ich aus dem Ausland kam.) Er erzählte, welche Restaurants er eröffnen und welche Geschäfte er führen würde, wenn er an meiner Stelle wäre.«

Der Mann zeigte mir ein Lächeln, während er einen Flachmann aus seiner Manteltasche zog und einen kräftigen Schluck daraus nahm. Er schien sehr gesprächig, also fragte ich ihn nach seiner Lebensgeschichte.

»Meine Lebensgeschichte? Ach, ich habe immer gedacht, dass ich mich an den Orten, an welchen ich gerade nicht war, wohler fühlen würde. Dies musste ich oft mit meiner Seele ausdiskutieren. Mit fünfundzwanzig Jahren entschied ich, fortzugehen und mein Glück anderswo zu suchen. Als Erstes ging ich nach Holland. Das seliggesprochene Land. Ich dachte, ich würde Ablenkung finden in dem Land, von welchem ich oft die Landschaften in den Kunstgalerien bewundert hatte. Ich dachte, ich würde Rotterdam lieben, mit seinen Schiffen, alten Häusern und Wäldern. Doch blieben meine Seele und mein Geist traurig. Zu modern, zu verschieden waren meine Vorstellungen und die Stadt selbst. Ich ging nach Paris, die Stadt der Dichter, die Stadt meiner Romane und Träume, versuchte Befriedigung zu finden in den romantischen Gassen und der altehrwürdigen Architektur. Doch auch da blieb mein Herz unruhig und nach einigen Jahren hielt ich es nicht mehr aus. Mein nächstes Ziel war die Schweiz. Das Land ist schlicht und einfach. Arm an Abenteuer, doch ich fand eine gutbezahlte Arbeit als Immobilienmakler und war angetan von dem gemütlichen Leben. Oh ja, ich genoss auch die Einsamkeit. Die Ruhe und die Stille, sie kamen mir vor wie eine Entschädigung für die Dummheiten, die ich mir jahrelang hier angehört hatte. Doch nun entscheide dich mein Junge. Opferst du deine beiden Pferde oder die Königin?«

»Wenn ich wählen kann, nehme ich lieber die Pferde, denn sie sind treuer«, antwortete ich mit einem Lächeln und opferte meine Dame.

Während er seinen nächsten Zug schnell spielte, überlegte ich mir, wie ich das Blatt noch wenden könnte, doch ich verlor das Spiel drei Züge später. Das war nun meine zweite Niederlage.

Der Mann griff erneut zu seinem Flachmann und nahm einen weiteren kräftigen Schluck, bevor er fortfuhr: »Was ich alles erlebte, dies zu wissen kann dir nur wenig von Nutzen sein. Nach vielen Jahren in der Fremde, in der Ausweglosigkeit der Welt, ergriff mich die Nostalgie mit eisernen Fingern und ich verspürte, immer stärker, das Verlangen zurückzukehren. Ich kam zurück nach

Belgrad. Es waren viele Jahre vergangen. Ich hatte nicht viel Zeit zum Genießen, meine arme Mutter verstarb vor einigen Monaten. Sie blieb ihr Leben lang in Belgrad, auch wenn ich ihr unzählige Male angeboten hatte, zu mir ins Ausland zu ziehen. Niemals wollte sie das. Sie konnte ihre Stadt nicht verlassen. Sie konnte ihre Toten nicht verlassen. Jede Woche besuchte und achtete sie auf ihre Gräber. Und dann war ihr Leben vorbei und mir blieb nichts als ihre Zweizimmerwohnung und die Erinnerung. Da erreichte mich die Nachricht, dass die Wohnung zurück an die Gemeinde geht. Ich habe die Welt nicht mehr verstanden. Ich wollte die Wohnung um jeden Preis behalten, hatte ich sie mir doch verdient, meine fünfzig Quadratmeter in meiner Geburtsstadt. Es geht nicht, sagten sie mir, ich sei nicht auf der Liste der Wohnungsnutzer. Wie konnte ich das Letzte verlieren, was ich noch wollte? Schlechte Erinnerungen kann man nicht auslöschen, doch gute Erinnerungen sollte man behalten und sie so fest umschließen, wie es nur geht. Ich war dabei, das letzte Andenken daran zu verlieren. Wie konnte ich den Baum vor dem Block verlieren, wo ich unzählige Male meine erste Freundin getroffen und unter welchem ich sie auch das erste Mal geküsst hatte? Was sollte ich mit den übrig gebliebenen Relikten anfangen, nach dem Tod meiner Mutter – dem Holzschrank zum Beispiel, in welchem ich mich als Kind versteckt hatte. Ihn rausräumen bis zum Ersten des nächsten Monats hatte man mich wissen lassen. Oh, ich wollte sogar den ganzen Block kaufen, doch er stehe nicht zum Verkauf. Ich habe eine schäbige Zweizimmerwohnung verloren, doch sie war irgendwie alles, was mir im Leben wichtig schien und ich doch nicht behalten konnte. Irgendwie kam mir das bekannt vor. Ich könnte in jedem Hotel dieser Stadt logieren, doch das ist mir verleidet ...«

Das Spiel war zu Ende. Meine dritte Niederlage. Ich stellte die Figuren schnell wieder auf und sagte:

»Sie sind am Zug.«

»Kennst du die Definition von Wahnsinn? Anstatt deine Fehler andauernd zu wiederholen, solltest du dein Spiel ein wenig weiterentwickeln.«

»Werden sie es mir beibringen?«

»Nein, das wirst du selbst tun. Nimm dir ein Brett. Spiel selbst. Übe. Vielleicht schlägst du dich selbst.«

»Was wäre der Sinn darin?«

»Dir geistert etwas im Kopf herum. Ich kann sehen, dass du darüber nachdenkst. Es belastet dich.«

Mit dieser Bemerkung machte der Mann mich ziemlich nachdenklich. Der Herbstwind wehte zwischen uns und ich fand nicht einmal mehr Kraft und den Mut, ihm zu antworten.

Viele Jahre später führte mich mein Weg wieder zu diesem Platz und ich entdeckte denselben Mann am selben Ort. Er war es bestimmt, er sah zwar etwas anders aus, doch der letzte Zweifel verschwand, als ich den verstümmelten Finger an seiner rechten Hand sah. Er sah aus wie ein Matrose, der an Land wartet und sich langweilt. Ich wollte gerade zu ihm und ihn um ein Spiel bitten, mich fragend, ob er sich noch an mich erinnern würde, da schritt ein anderer junger Mann zu ihm und sie begannen zu spielen. Schweigend lief ich weiter und mir fiel ein, dass ich nicht mal wusste, weshalb ihm an der Hand der kleine Finger fehlte.

## FÜR DIE LEUTE,
## DIE HEIMLICH ZUHÖREN

*I*ch war das zweite Mal in Liverpool und lief der Duke Street mit ihren roten Backsteinhäusern entlang. Ungeduldig schaute ich auf meine Uhr. Eine Nachricht auf meinem Handy ließ mich schließlich wissen, dass sich mein Kollege um zwei Stunden verspäten würde. Also entschied ich mich für einen kleinen Spaziergang. Die Stadt war mir schon beim ersten Besuch sehr sympathisch gewesen, vor allem die Albert Docks. Dort war einst einer der geschäftigsten Häfen der Welt angesiedelt gewesen. Im Laufe der Zeit hatte sich die Stadt jedoch in ein kulturelles Zentrum verwandelt, welches einige der bekanntesten britischen Musiker wie die Beatles hervorgebracht hatte.

Irgendwo im Zentrum, neben einem großen Kleidergeschäft, sah ich einen Gitarrenspieler gedankenverloren in seinem Spiel versunken.

Die anderen Fußgänger schienen ihn nicht zu bemerken und er sie auch nicht. Als ich näherkam, verlor sich mein Blick in ihm. Strähnen seiner tiefschwarzen, mittellangen Haare hingen ihm in die Stirn, während er mit ebenfalls dunklen Augen ins Leere blickte und sanft an den Saiten seiner Gitarre zupfte. Irgendetwas an diesem Mann faszinierte mich. Seine roten Hosen waren stark verblichen und sein hellblaues Hemd mit den aufgerollten Ärmeln war ihm etwas zu groß. Ich blieb einige Meter vor ihm stehen und war wie gezwungen, seiner Musik zu lauschen. Ich blickte mich um, denn nun war ich wirklich überrascht, dass ihn sonst niemand zu bemerken schien. Männer in farblosen Mänteln schlichen durch die Straße, jeder nur an sich denkend, als wären sie unter Zeitdruck, als wäre es zu viel verlangt, kurz stehen zu bleiben und dem Spieler zu lauschen. Mütter zogen ihre schreienden Kinder an den Händen hinter sich her, während sie auf ihre Einkaufslisten blickten und darüber nachdachten, was noch zu kaufen war.

Nach einigen Minuten fiel mir ein interessantes Detail auf. Der Gitarrenspieler hatte keinen Hut oder Behälter vor sich, in welchen man Geld hätte werfen können. Es war gar nichts da, nicht einmal ein Gitarrenkoffer. Als er zu Ende gespielt hatte und sich eine Zigarette anzündete, begann ich ein Gespräch mit ihm.

»Hey, du spielst sehr gut.«

»Danke«, antwortete er und setzte einen anderen Gesichtsausdruck auf als vorhin beim Spiel. Er fixierte mich mit einem stechenden Blick.

»Du spielst zu gut für diese Straße und dieses Publikum. Wann wirst du ein Konzert geben?«

»Sobald die Leute reich werden und genug Geld haben, um Eintritt zu bezahlen.« Ein Lächeln huschte kurz über sein Gesicht mit dem Dreitagebart und dem spitzen Kinn.

»Warum liegt hier kein Hut? Die meisten Straßenmusikanten freuen sich doch über ein Trinkgeld?«

»Ich spiele nicht für Geld.«

»Wozu spielst du dann?«

Er ließ seinen durchdringenden Blick über mich schweifen, als würde er kurz überlegen, ob er mir ehrlich antworten sollte. Dann sagte er leise, aber bestimmt:

»Ich spiele für die Leute, die mir heimlich zuhören.«

Ich blickte ihn etwas verwirrt an. Auch wenn die vorbeilaufenden Leute ziemlich beschäftigt schienen, befanden wir uns doch auf einer belebten Straße. Er schien meine Verunsicherung zu bemerken und fuhr fort:

»Siehst du den älteren Herren da im Café, mit dem grauen Hut und der Hornbrille? Er ist einer meiner treuesten Zuhörer. Jeden Nachmittag sitzt er da, liest in der Zeitung und hört mir zu. Wir haben nie miteinander geredet, doch seine Füße verraten ihn.«

»Seine Füße?«

»Sie tanzen unter dem Tisch. Sie folgen meinem Rhythmus. Ich erkenne es klar und deutlich. Ich glaube, er ist ein wichtiger Geschäftsmann, ich erkenne es an seiner Körperhaltung.«

Während ich über diese Behauptung nachdachte, grinste der Spieler nur und nahm einen letzten Zug an seiner Zigarette. Abgesehen von seinem musikalischen Talent schien er auch eine gute Beobachtungsgabe zu haben.

»Und siehst du diesen Popcorn-Stand links von uns? Der stand üblicherweise etwa zweihundert Meter weiter der Straße entlang. Seit einiger Zeit ist er nun in meiner Nähe. Die ältere nette Dame versucht mir andauernd kostenloses Popcorn anzudrehen, doch ich begnüge mich damit, ihr meine Musik vorzuspielen.«

»Ich verstehe. Es gibt wohl doch Leute, die deine Kunst zu schätzen wissen, man muss sie nur in der

großen Menge erkennen.«
Des Spielers Gesichtsausdruck wurde melancholisch, als er mit der Hand auf die gegenüberliegende Straßenseite wies, auf einen jungen Mann auf einer Bank.

»Diesen jungen Mann plagt Liebeskummer. Auch er sitzt jeden Tag auf dieser Bank, genau zu der Zeit, wenn ich spiele, und sein Blick verliert sich oft in der Menschenmenge. Irgendetwas quält ihn, liegt ihm schwer auf der Brust. Ich fragte mich lange, ob er auf etwas hofft oder ihm etwas Leid tut? Irgendwann merkte ich, dass es um eine Frau ging. Jeden Tag um fünf Uhr verlässt eine hübsche Dame diesen Kleiderladen, in welchem sie wohl arbeitet. Und dann wird seine Miene kalt und er wird blass. Ich habe eine Gabe, Menschen zu lesen, ja das ist so. Sie versucht immer, den Blick auf ihn zu meiden, doch es gelingt ihr selten. Seit drei Wochen geht das nun so, doch sie schweigen sich weiterhin stolz an.«
»Vielleicht hat die Frau ihn hintergangen«, meinte ich.

Er hielt kurz inne, als schien er zu überlegen. »Ach, das ist doch menschlich. Leben, leiden, verzeihen. Das ist alles für die Menschen.«

Bei diesem Wort ergriff er wieder seine Gitarre, warf mir einen letzten, vielsagenden Blick zu und fing wieder an zu spielen. Ich nickte ihm freundlich zu und lief langsam weiter. Nach einigen Schritten drehte ich mich nochmals um. Die Füße des alten Mannes im Café wippten zur Melodie und ich musste unwillkürlich lächeln.

Während ich weiterlief, bereute ich ein wenig, dass ich am gleichen Abend schon abreisen musste, denn ich wäre gerne die nächsten Tage wieder diese Straße entlang geschlendert.